Ralf Neubohn

Merlin und der unheimliche Hexenjäger

Mit großer Schrift

Ralf Neubohn

Merlin und der unheimliche Hexenjäger

Mit großer Schrift

Bibliografische Information der Deutschen Nationalbibliothek
Die Deutsche Nationalbibliothek verzeichnet diese Publikation
in der Deutschen Nationalbibliografie;
detaillierte bibliografische Daten sind im Internet
über www.dnb.de abrufbar.

Copyright © Ralf Neubohn 2023

Herstellung und Verlag: BoD – Books on Demand, Norderstedt

ISBN: 978-3-7431-7381-1

Dieses Buch ist allen Freunden der Autorengruppe Flammenfeder gewidmet

Inhalt

Vorwort..................8
Einführung..................9
Wanderung..................10
Gespräche..................11
Der Scheiterhaufen..................12
Das Buch..................13
Grübeleien..................14
Die Ermittlungen beginnen..................15
Anfang der Verhöre..................16
Wieder brennt es..................17
Der Drache..................18
Neugier..................19
Unvorsichtig?..................20
Der mooshaarige Morastschnüffler..................21
Jetzt geht es richtig los!..................22
Der letzte Scheiterhaufen..................23
Finale..................24
Das grausige Ende..................25
Alltag..................26
Vorfreude..................27
Magische Nachrichten..................28
Die Spur..................29
In der veganen Küche..................30
Im Keller..................31
Wieder am Tatort..................32
Die Suche..................33
Vermutungen..................34
Die Zeit vergeht..................35
Auf der Spur?..................36

Der Mörder nimmt langsam Formen an..............37
Der glitzernde Beweis..............38
Das geheimnisvolle Versteck..............39
Der Täter..............40
Die Lösung..............41
Wieder in Camelot..............42
Wieder der Lindwurm?..............43
Die Ankunft..............44
Der Angriff..............45
Sieg!..............46
Ende der Ermittlungen..............47
Bücher von Ralf Neubohn..............48
Nachwort..............54

Vorwort

Im 3. Band der Fantasy Krimi Reihe bekommen es Merlin, seine Tochter Mandy und die Elfe Shirly mit einem sehr mysteriösen Hexenjäger zu tun. Warum schlägt er ausgerechnet in den von Hexen wimmelnden Wäldern Camelots zu? Wozu eine so gefährliche Akkordarbeit verrichten? Werden die Hexen vereint dem unheimlichen Hexenjäger den Garaus machen? Auf wessen Seite sollen sich Merlin und die beiden Mädchen stellen? Wer ist in diesem Fall tatsächlich der Gute?

Einführung

Ausgerechnet als Merlins Tochter Mandy mit ihrer Schulfreundin Shirly Sherlocklinchen zu Besuch auf Camelot weilte, brach eine schreckliche Mordserie aus. Merlin fürchtete dabei nicht nur um ihrer aller Leben, sonder auch, dass bei all diesem Grauen die zarten Seelen der beiden Mädchen Schaden nehmen könnten. Nach dem wohlverdienten Ende des Unholds begab sich der Zauberer zurück ins Turmzimmer der beiden Mädchen.

Wanderung

Die Elfe Shirly rief begeistert bei Merlins Eintreten: „Ist das herrlich spannend bei Euch! Schade, dass ich nicht für immer bei Euch wohnen kann!"

Merlin murmelte: „Auf weitere solche Abenteuer könnte ich dankend verzichten."

Die nächsten Tage verbrachten sie damit zu wandern und in Merlins Zauberkugel magische Nachrichten zu sehen. Ein als Hexenjäger gekleideter errichte auf einsamen Landstraßen Scheiterhaufen und verbrenne dort Menschen. Vermutlich Hexen. Doch dies konnte man aufgrund der wenigen Überreste nicht genau feststellen. Unsere drei Helden wunderten sich, warum ausgerechnet hier ein Hexenjäger zuschlug. Im Wabermoor oder im Finsterklammwald wimmelte es schließlich nur so von mehr oder weniger bösen Hexen. Ohne magisches Navigationsgerät kam niemand lebend durch dieses Gedränge. Daher wanderten unsere Freunde auch lieber in ruhigeren, ungefährlicheren Gegenden. Dabei heiterte Shirly die Wandergenossen mit witzigen Geschichten über ihre beiden chaotischen Cousinen Kleckselinchen und Ninvy auf, welche auf einem magischen Lama- und Alpakahof lebten.

Mandy sagte: „Ich habe schon alle acht Bücher über diesen Hof gelesen, die Du unter dem Pseudonym Ralf Neubohn geschrieben hast. Aber nachdem, was Du erzählst, sind Deine Cousinen noch schussliger als ich dachte."

Merlin kicherte: „Ich kenne die beiden Oberschusselköniginnen persönlich! Sehr nett über ihre Abenteuer zu lesen. Aber darin mitverwickelt zu werden, war oft echt hart für mich!"

Gespräche

Mandy meinte: „Ich finde vor allem den Drachen Qualmchen besonders süß! Den würde ich gerne selber kennenlernen."

Merlin murrte: „Wenn der überraschend niesen und dabei Feuerspucken muss, findet ihn niemand süß. Sondern alles flieht schreiend nach allen Richtungen."

Daraufhin lachte seine Tochter fröhlich: „Der greise Zauberer Sir Ralphus erinnert mich stark an Dich." Beleidigt schwieg Merlin.

Shirly lenkte geschickt ab: „Was es wohl mit diesem Hexenjäger auf sich hat? Hier in der Gegend wird er sich doch zu Tode arbeiten müssen. In den Wäldern gibt es ja mehr Hexen als Pilze."

Der Zauberer nickte bestätigend: „Genau darüber wundere ich mich auch schon die ganze Zeit. Ein Hexenjäger müsste in Camelots Wäldern ja Zuschlag für Akkordarbeit verlangen. Irgendwas stimmt an der ganzen Sache nicht. Vor allem stellt sich auch eine ganz andere besonders wichtige Frage: Wie wählt er bei diesem Überangebot an Hexen seine Opfer aus? Uns kann es ja egal sein, Hauptsache durch den Hexenjäger werden unsere Wälder ein bisschen sicherer. Aber das Ganze hat irgendeinen Haken."

Tja, das stimmte sicherlich. Aber welchen?

Der Scheiterhaufen

Unsere Freunde kamen an einem noch glimmenden Scheiterhaufen vorbei. Merlin versuchte einen magischen Fingerabdruck zu nehmen, aber alle Beweismittel waren mit der Hexe verbrannt.

Mandy warf ein: „Wieder eine weniger! Aber was ich nicht begreifen kann, warum lassen sich die Hexenhorden das gefallen? Die können doch zusammen jeden in die Flucht schlagen! Sowohl rein körperlich, aber auch mit ihrer geballten schwarzen Magie. Es ist doch sehr merkwürdig, ansonsten sind die Hexen doch nicht so zurückhaltend."

Shirly grübelte: „Ob dahinter wohl ein besonderer magischer Trick steckt?"

Merlin ergänzte: „Ich habe noch nie davon gehört, wie selbst der mächtigste Magier eine ganze Horde Hexen in den Griff bekommen hätte. Aber wir können das im magischen Lexikon nachschlagen."

Auf Camelot zurückgekommen, sahen die drei sofort dort nach. Aber es kam offensichtlich noch niemals ein derartiger Fall vor, dass jemand der vereinten Kraft mehrer Hexen standhalten konnte.

Das Buch

Mandy las mit großem Interesse Watselinchens Buch über seine bisherigen Abenteuer: „Mord auf dem Alpaka- und Lamahof". Sehr lesenswert, spannend und für Mandy auch sehr informativ. Erleuchtet rief sie: „He! Habt Ihr eigentlich schon Watselinchens Buch gelesen? Da könnt Ihr was dabei lernen!"

„So, was denn?", wollte Merlin wissen.

„Hexen vertragen kein Ebereschenholz."

„Na, und? Was hat das mit uns zu tun?", begehrte Shirly zu wissen.

„Denk doch mal nach", regte Mandy an. „Wenn Hexen keine Ebereche vertragen, dann kann doch der Hexenjäger in einer Kutsche oder Rüstung aus Ebereschenholz gefahrlos zuschlagen."

„Keine schlechte Idee", murmelte Merlin anerkennend. „Aber ich sehe dabei immer noch nicht, wieso sich ein Einzelner die Mühe machen sollte, hier mit den Hexen aufzuräumen. Vor allem: Nach welchen Kriterien wählt er seine Opfer aus? Sie sind in unserer Gegend ja alle ungefähr gleich böse."

Grübeleien

„Ein bisschen gruselig", meinte Shirly angeregt lächelnd. „Aber das ist halt der Job der Hexenjäger. Was geht es uns an?"

„Eigentlich nichts", antwortete Merlin. „Aber ich werde das Gefühl nicht los, das da wesentlich mehr dahinter steckt, als es den Anschein hat."

Seine Tochter Mandy fragte: „Du meinst, dass es uns sehr wohl etwas angeht? Dann lass uns doch ermitteln. Schließlich waren wir ja bei den Morden in Camelot damals auch zusammen erfolgreich. Wir haben den Fall seinerzeit brillant gelöst."

Merlin runzelte unzufrieden die Stirn. Er erinnerte sich sehr ungern an die Mordserie in seinem geliebten Camelot. Es heißt zwar immer: Jeder hat eine Leiche im Keller, aber hier waren es zu viele und nicht nur im Keller. Widerwillig lenkte er ein: „Ja, lass uns ermitteln, bevor uns diese Sache über die Zauberhutschnur wächst. Ich habe ein sehr ungutes Gefühl."

Die Ermittlungen beginnen

„Wo sollen wir anfangen?", erkundigte sich Shirly.

Merlin erklärte: „Zuerst befragen wir alle Bauern, Jäger und Holzfäller in den betreffenden Gegenden. Wenn wir dort nichts herausfinden, müssen wir leider auch die Hexen in den Wäldern befragen. Das ist zwar normalerweise sehr gefährlich, aber dieses Mal sollte es das nicht sein. Schließlich sind ja unsere Ermittlungen in deren eigenem Interesse!"

Mandy flüsterte: „Oh, je! Worauf haben wir uns da bloß eingelassen?"

Shirly rief vergnügt: „Das unschlagbare Detektivtrio schlägt wieder zu! Eins, zwei, drei, schon ist der Fall vorbei! Aufgeklärt von den großartigen Meisterdetektiven!"

Merlin äußerte sich dazu nicht. Aber er hatte erhebliche Zweifel, ob es wirklich so einfach und ungefährlich würde. Leider hatte er mit seinen Befürchtungen nur zu Recht!

Anfang der Verhöre

Die schrumpelöhrigen Nasentrolle hatten nichts gehört. Das war kein Wunder, denn bei solchen kleinen Öhrchen konnte wirklich keiner von ihnen viel hören. Selbst uralte Menschenopas mit riesen Hörrohr bekamen im Alltag mehr mit. Nachdem unsere Detektive sich heiser geschrien hatten, beschlossen sie lieber andere Lebewesen zu verhören. Die Gespräche mit den fleißig hin und her fliegenden Elfen verliefen auch nicht besonders gut, da diese keinen Augenblick an einer Stelle verharrten. Wie Bienen flogen die Elfen pausenlos von einer Stelle zur anderen.

Merlin bruddelte in seinen langen Bart: „Wenn das so weiter geht, kommen wir in einem Jahr noch nicht mit den Ermittlungen weiter."

Shirly schwieg beleidigt, obwohl sie sich selbst über ihre sehr rastlosen Verwandten ärgerte. Doch wer konnte ihnen wohl stattdessen weiterhelfen?

Wieder brennt es

Einige Stunden später entdeckten sie zufällig einen noch brennenden Scheiterhaufen. Völlig verlassen lag der Ort vor ihnen.

„Merkwürdig", wisperte Mandy. „Normalerweise wimmelt es doch an Tatorten nur so vor neugierigen Gaffern. Warum hier nicht?"

Shirly schlug vor: „Vermutlich will keiner in den Verdacht geraten, bei einer Hexenverbrennung geholfen zu haben. Leute, die bei so etwas mitmachen, werden hier bekanntlich nicht sehr alt."

Merlin versuchte erst gar nicht einen magischen Fingerabdruck zu nehmen. Bei den hohen Flammen bestand keine Chance dazu. Immerhin wurde die Spur des Hexenjägers nun tatsächlich im wörtlichen Sinne heißer. Wohin würde die heiße Spur die Drei führen?

Der Drache

Ein Drache meinte später beim Verhör: „Wenn es ständig im Wald brennt, wozu soll ich noch Feuerspucken? Das Ganze macht mich Armen ja arbeitslos!"

Ein berechtigter Standpunkt, gegen den sich nichts sagen ließ. Aber warum brannten immer wieder die Scheiterhaufen? Einfach unerklärlich.

Ein Einhorn kam interesselos des Weges. Es stellte lapidar fest: „Die Menschen sind doch einfach verrückt. Unsere Welt ist doch so groß, dass sich alle aus dem Weg gehen können."

Sehr wahr. Aber das half unseren Freunden auch nicht weiter. Zumal eine offene Frage alle beschäftigte: Wie wollte ein Hexenjäger es schaffen, tausende Hexen zu töten? Selbst in Ebereschenholzrüstung ein Ding der Unmöglichkeit. Irgendwann würde er ihnen in die Hände fallen. Und dann gnade ihm Gott!

Neugier

Vor allem die Neugier darauf, wer sich diese gefährliche Mammutaufgabe stellte, trieb unsere Freunde bei den Ermittlungen voran. Auch die giraffenhalsigen Fußtrampler sahen nichts, was weiterhin nicht überraschte. Wessen Kopf hoch über den Bäumen in den Wolken schwebte, sah hier unten nichts. Aber der Versuch zu fragen lohnte sich immer. Mit äußerster Vorsicht befragten die drei auch einige Hexen, die ebenfalls von nichts wussten. Es blieb ein großes Geheimnis, wie ein Hexenjäger unbemerkt durch die magischen Wälder kam. Spätestens das Sammeln des vielen Holzes für die Scheiterhaufen müsste doch jemanden auffallen. Ob er die Opfer vorher betäubte? Theoretisch ja, denn die Schreie müssten doch sonst Sensationslüsterne anlocken.

Unvorsichtig?

Bei ihren Ermittlungen verließen sich unsere Helden auf das Eigeninteresse der Hexen, den Hexenjäger zu entlarven. Eigentlich hätten sich die drei auch lieber Rüstungen aus Eberesche herstellen sollen. Aber wer einmal versucht hat, mit diesem extrem harten Holz zu arbeiten, versteht unsere Detektive wohl. Andererseits stellte sich die Frage: Wie hatte es der Hexenjäger geschafft? Denn er musste eine derartige Rüstung haben, ohne die kam niemand lebend an so vielen Hexen vorbei. Erstaunlich! Woher bekam der Hexenjäger überhaupt solche Mengen Ebereschenholz? Es wuchs ja schließlich auch nicht überall. Die drei arbeiteten fleißig an dem Fall weiter, stets in der Gefahr den Hexen in die Falle zu gehen. Denn wer wusste schon, ob diese nicht aus purer Bosheit unsere Freunde angriffen, auch wenn es ihrem eigenen Interessen zuwiderlief? Hexen waren schließlich manchmal unberechenbar.

Der mooshaarige Morastschnüffler

Im allmählich morastig werdenden Teil des Waldes fanden sie einen mooshaarigen Morastschnüffler. Eine Art magischer Moorhund, der von der Jagd auf kleine magische Lebewesen lebte. Leider zeigte sich dieser keineswegs begeistert von der Idee einen Hexenjäger zu jagen: „Wozu denn das? Was geht mich die Sache an? Ich jage nur Futterbeute!"

Was Shirly sehr an den Troll Rufus Rumpelfuss erinnerte. Sie sprach: „Wir werden Dir zur Belohnung das größte Essen zaubern, welches Du jemals gesehen hast, wenn Du uns bei der Jagd hilfst."

So nahm die Jagd nach dem Hexenjäger nun professionellere Formen an. Was der mooshaarige Morastschnüffler für unsere Helden wohl aufspürte? Leider etwas ganz Entsetzliches!

Jetzt geht es richtig los!

Sie begaben sich zurück zum letzten Tatort. Dort nahm der Morastschnüffler die Spur des Täters auf. Sie führte durch tiefstes Walddickicht hindurch, in immer einsamere Waldgegenden. Schließlich gelangte die Jagdgesellschaft an den Rand des Moores. Durch dieses führten nur schmale Trampelpfade. An deren Seiten blubberte geheimnisvoll das Moor. In diesem wiederum lauerten gefährliche Monster auf einen Fehltritt, der für alle Lebewesen nur tödlich enden konnte. Vorsichtig folgten sie ihrem seltsamen Jagdhund immer tiefer ins Moor hinein. Warum lebte der Hexenjäger an so einem grässlichen Ort? Jeder Tag konnte ein Fehltritt das Ende seiner Hexenjagd bedeuten! Wozu begab er sich freiwillig so in Gefahr? Warum versteckte er sich ausgerechnet hier?

Der letzte Scheiterhaufen

Natürlich lag unseren Helden fern, dem Hexenjäger sein wohlgefälliges Handwerk zu legen. Reine Neugier trieb sie an. Neugier ist leider immer gefährlich! Auf einer großen baumreichen Moorinsel brannte vor vielem Dickicht ein neuer Scheiterhaufen! An einem Pfahl hing ein Mann! Keine Hexe! Durch ein paar Zaubersprüche konnte Merlin ihn gerade noch befreien, bevor die Flammen ihn verschlangen.

Der Zauberer erkundigte sich: „Wer sind Sie? Was machen Sie hier im gefährlichen Moor?"

Der Mann flüsterte noch unter Schock stehend: „Vorsicht! Hier im Gebüsch lauert die gefährliche Moorhexe! Viele Hexenjäger jagten diese in letzter Zeit. Aber sie überwältigte alle und verbrannte die Hexenjäger auf unendlich vielen Scheiterhaufen. Wohl eine Art von schwarzem Humor, dass die Hexenjäger verbrannten, anstatt der Hexe."

„Die Moorhexe", keuchte Mandy erschrocken. „Sie gilt als die allerböseste aller Hexen!"

Finale

„Und die mächtigste!", kreischte es aus dem Gebüsch. Heraus trat die einfach grauenhaft aussehende Moorhexe. Das personifizierte Böse. Vor Schreck ließen unsere Freunde ihre Zauberstäbe fallen. Ein großer Fehler. Denn nun konnten sie der Moorhexe nicht mehr mit Zaubersprüchen zuvorkommen. Gehässig kichernd rief sie: „Niemand kann mich stoppen! Ich werde alle guten Lebewesen töten, damit das Böse die Welt beherrschen kann!"

Offensichtlich fielen auch Hexen dem Größenwahn zum Opfer. Da aber die Zauberstäbe der Guten auf dem Boden lagen, schien der Triumph des Bösen gerechtfertigt. Was tun? Sie hatten sich wie dumme Hühner fangen lassen, waren völlig ahnungslos in die Falle gelaufen!

Das grausige Ende

Niemand von ihnen hatte dabei an den Morastschnüffler gedacht. Dieser sprang völlig überraschend die fiese Moorhexe an, die im Taumeln ihren eigenen Zauberstab verlor. Sie wehrte den Morastschnüffler mehrmals mit ihren kräftigen Händen ab und floh dann kreischend ins Dickicht. Hinter diesem lag das tiefe, unheimliche Moor voller grässlicher Monster. Ob sie nun der Morastschnüffler oder die Moormonster verspeisten, interessierte unsere Freunde nicht. Siegreich, aber dennoch wie eine geschlagene Armee verließen sie mit dem befreiten Hexenjäger den Ort des Grauens.

Mandy murmelte: „Nie mehr will ich neugierig sein!"

Shirly hingegen meinte putzmunter: „War doch ganz spannend, oder?" Zufrieden dachte die Elfe daran, dass sie unter dem Pseudonym Ralf Neubohn wieder ein neues Buch über ihre Abenteuer schreiben konnte.

Alltag

Die nächsten Tage verbrachte Shirly ihre Abenteuer niederschreibend. Bei einem Abendessen meinte sie fröhlich strahlend: „Eigentlich müsstet Ihr Euch auf Camelot einen langrüssligen Fußschnüffler anschaffen."

Mandy erkundigte sich erstaunt: „Wozu denn das? Diese Tiere haaren doch so schrecklich."

Angeregt kichernd erklärte Shirly: „Na, wenn die nächsten Morde hier geschehen, ist so ein Fährtensucher nützlich."

„Die nächsten Morde?", rief Merlin völlig schockiert. „Wir hatten jetzt drei ganz besonders furchtbare Mordserien hier: Auf dem Ponyhof, in Camelot selber und nun noch die Sache mit der Moorhexe. Das reicht für unser ganzes restliches Leben."

Lebhaft lachend meinte Shirly: „Ja, das meinen Sie! Aber ob die Mörder es auch so sehen werden und deswegen künftig einen Umweg um Camelot machen? Ich glaube es nicht. Drei Mordserien gab es schon und da bekanntlich aller grausigen Dinge vier sind…"

Vor Schreck fiel der arme Merlin fast vorm Stuhl. „Hoffentlich täuscht sich die Elfe", dachte er entsetzt.

Vorfreude

Abends bestellte sich Shirly bei einem veganen Lieferservice einen Elfenburger.

Mandy erkundigte sich: „Was ist da anstelle von Fleisch drin?"

Shirly antwortete genüsslich: „Maronis und Äpfel."

Ihre Freundin erbleichte: „Äpfel? Erinnert Dich das nicht zu sehr an Hexen?"

„Du liest zu viele Märchen", stellte Shirly resolut fest. „Hexen - Pah! Wer glaubt denn an Fabelwesen?"

Ihre Freundin sagte schlicht: „Ich. Und Du neulich im Wald auch, falls Du das schon vergessen haben solltest."

Merlin mischte sich ein: „Du glaubst nicht an Fabelwesen? Und was ist z.B. mit Elfen und Zauberern?"

Die Elfe schluckte: „Stimmt. Ihr habt beide Recht."

Mandy stellte fest: „Heute redest Du noch mehr Unsinn als sonst. Kommt das von der veganen Lebensweise oder bedrückt Dich was?"

Die Elfe murmelte nachdenklich: „Bald müssen wir wieder zur Schule. Und ich hatte gehofft, noch einen weiteren Kriminalfall hier zu lösen."

Merlin schmunzelte: „Außer Raubüberfällen passiert hier fast nie etwas."

Seine Tochter rief vorwurfsvoll: „Ach, ja? Und was war mit den Morden auf Camelot? Und auf dem Ponyhof? Du faselst wie Shirly Unsinn. Bestimmt passiert bald wieder etwas Aufregendes."

Ihre Freundin jubelte begeistert: „Au, fein!"

Magische Nachrichten

In Merlins Zauberkugel schauten die drei magische Nachrichten. Plötzlich atmete die Elfe heftig ein: „Hört doch! Auf dem Hof, der vegane Elfenburger herstellt, wurden mehrere Arbeiter getötet! Wie entsetzlich!"
Mandy foppte Shirly: „Ach, vermutlich aßen sie das Zeug kurz vorher selber."
Beleidigt schwieg ihre Freundin.
Merlin lächelte in seinen Bart: „Ach, was! Da habt Ihr Ihr Euren neuen Fall. Mal etwas ganz andres! Vermutlich begingen die Morde neidische Konkurrenzfirmen. Lasst uns Ermittlungen beginnen."

Am nächsten Tag besichtigten die drei die zahlreichen Tatorte. Bei den Obstbäumen, im Keller und in der Speisekammer.
Merlin staunte: „Ein wunderbarer Hof. Ich glaube, künftig bestelle ich mir auch vegane Elfenburger. Nur die allerbesten Zutaten hier."
Mandy errötete, denn sie füllte gerade heimlich einen Bestellzettel aus.
Die Elfe wunderte sich: „Alles schön hier. Aber trotz vier Toter keine einzige Spur. Seltsam."

Die Spur

„Nur eine seltsame Schleifspur in der feuchten Erde", ergänzte Mandy. „Aber leider endet diese Spur auf dem Pflasterweg. Vielleicht sollten wir uns einen Schnüffeltrüffler oder einen langrüssligen Fußschnüffler besorgen."

Merlin beendete dies Bemerkungen verachtungsvoll: „Wir benötigen keine Hilfe von Tieren. Den Fall lösen wir auch so."

„Aber wie?", fragten beide Mädchen gleichzeitig.

Eine gute Frage, denn an den Tatorten gab es keine Fußspuren oder verlorene Waffen. Erwürgt lagen die vier Arbeiter an verschiedenen Stellen des Hofes.

Die Elfe stellte fest: „Der Täter muss sehr stark sein. Diese vier kräftigen Männer zu erwürgen muss sehr schwer gewesen sein."

„Und leider geräuschlos", stellte Mandy fest. „Obwohl so viele Leute hier arbeiten, hörte niemand etwas. Heute Abend werden wir zur Tatzeit nochmals das Gelände hier besichtigen. Vielleicht fällt uns etwas auf. Bis dahin verhören wir alle Arbeiter."

Shirly seufzte: „In dieser Firma sind so viele Leute beschäftigt, dass wir uns den Mund fusslig reden werden."

Merlin grinste: „Naja, den Mund könnte Ihr ja mit einem veganen Elfentrunk wieder erfrischen. Doch was wollt Ihr eigentlich? Da habt Ihr wie gewünscht einen neuen Fall. Statt zu jammern solltet Ihr Euch freuen!"

Sehr wahr!

In der veganen Küche

Nur die allerbesten Zutaten lagerten in der blitzblanken Küche. Eine Horde von Meisterköchen werkelte wie wild an den zahlreichen Herden, um die vielen Bestellungen schnellstmöglich zubereiten zu können. Daher hörten die Kochkünstler nur mit einem Ohr zu, während das andere die Kochgeräusche belauschte. Ob das Wasser schon genug kochte und Ähnliches.

Shirly wollte heimlich ein paar Zutaten naschen, bekam aber eins mit dem Kochlöffel auf die vorwitzigen Finger. „Aua!", beklagte sie sich enttäuscht. „Ich wollte doch nur den Tatort besonders gründlich untersuchen."

„Na, na, na", zischte einer der Köche. „Genascht wird hier nicht. Und was heißt hier eigentlich Tatort? In der Küche starb schließlich niemand. Also ermittelt gefälligst im Keller, bei den Obstbäumen und im Lagerhaus. Aber nicht hier. Wir haben auch ohne genäschige Fragesteller genug zu tun."

Derartig zurechtgewiesen, begaben sich die drei gedemütigt in den düsteren Keller.

Im Keller

„Puh, ist es hier dunkel", jammerte Mandy.

„Stimmt", gab Merlin ihr Recht. „Hier kann jeder ganz leicht anderen Leuten auflauern und sie erwürgen. Aber warum? Was ist das Motiv? Neidische Konkurrenzfirmen?"

„Ich weiß nicht", meinte Mandy. „Erwürgen ist zwar leise, aber dauert auch ziemlich lange. Wer also vier Leute an einem Abend erwürgt, ist ziemlich mutig. Jederzeit kann er erwischt werden. Die Gefahr erwischt zu werden ist riesig."

Da sie im Keller nichts entdeckten, besuchten die drei auch die anderen Tatorte nochmals erfolglos. Und genauso endete auch der Tag. Die kleine Detektivarmee kehrte geschlagen nach Hause zurück.

Am anderen Morgen sprach die Zauberkugel: „Ein magischer Anruf für Merlin… Ein magischer Anruf für Merlin…" Der Zauberer nahm den Anruf entgegen. Fassungslos rief er: „Nicht zu fassen! Ein neuer Mord? Was? Auch erwürgt? Wir kommen sofort!"

Wieder am Tatort

Unterwegs erklärte er den Mädchen: „Der Anruf kam vom internationalen Zaubererkurier. Einer ihrer Reporter wurde heute Morgen erwürgt auf dem Hof aufgefunden. Offensichtlich entdeckte er eine Spur, die uns entging."

„Aber was für eine Spur kann das gewesen sein?", wollte Merlins Tochter wissen. „Wir haben dort doch den ganzen Tag alles mehrfach untersucht!"

„Da wir noch leben, entging uns anscheinend ein wichtiger Hinweis", stellte Shirly fest.

Der Zauberer murmelte ärgerlich: „Es ist eine Schande! Da entdeckt so ein dahergelaufener Reporter eine Spur, die wir Meisterdetektive übersahen! Skandalös!"

Staunende betrachteten unsere Freunde die Leiche.

Mandy flüsterte: „So ein kräftiger Mann lässt sich doch nicht so einfach erwürgen."

Merlin fügte hinzu: „Schon gar nicht jemand so Kampferfahrenes!"

Die Elfe wollte wissen: „Wieso kampferfahren? War er Kriegsberichterstatter?"

Merlin grinste: „So könnte es gut verglichen werden. Knut Kritzelkrakel war der Lokalreporter seiner Zeitung. Von daher berichtete Knut vor allem von Wirtshausschlägereien, die er meistens selbst gewann."

Die Suche

Ratlos untersuchten unsere Helden nochmals das komplette Firmengelände. Von einem empörten Koch erklang: „Die schon wieder! Ermittelt in der Firmenkantine, aber nicht hier! Raus!" Gedemütigt schlichen sie weiter. Welchen Hinweis entdeckte Knut wohl? Wer schaffte es, eine solche Kämpfernatur zu erwürgen? Ein Reporter des Konkurrenzblattes? Wohl kaum. Vermutlich fusionierten die beiden Zeitungen sowieso schon vor langer Zeit heimlich. Die drei begaben sich auf alle anderen Höfe, die ebenfalls vegane Lieferservice besaßen. Vermutlich wollte die Konkurrenz den bekanntesten Lieferservice schädigen. Doch sie entdeckten nichts Auffälliges. Einige Firmen freuten sich klammheimlich über den Imageschaden ihres bekanntesten Konkurrenten. Andere hatten Angst, dass es auch bei ihnen zu Morden kam. Denn wer wusste schon den Grund der Taten? Vielleicht jemand, der veganes Essen hasste? Ein fanatischer Fleischesser?

Vermutungen

Shirly schlug schnippisch vor: „Vielleicht beging die Taten eine Kuh, der das vegane Essen wegen des hohen Bedarfes an Nachschub für den Lieferservice ausging."

Keck erklang es von Mandy: „Du meinst, Du bist die Mörderin?"

„Selber blöde Kuh!", erwiderte die Elfe.

„Zankt Euch nicht Kinder", vermittelte Merlin. „Ich selber komme mir wie eine blinde Kuh vor, weil mir überhaupt nichts auffällt, was dieser Reporter entdeckt haben könnte."

„Vielleicht ein veganes Bier?", schlug seine Tochter vor. Ihre Freundin streckte ihr die Zunge heraus, was auch als Antwort gelten konnte.

„An allen fünf Tatorten nicht eine Spur! Nicht zu fassen! Erstechen hat doch seine Vorteile", murmelte der Zauberer. „Vom Messer lässt sich wenigstens der magische Fingerabdruck nehmen."

Die Zeit vergeht

Tagelang durchstreiften unsere Freunde das Firmengelände, auf dem die Arbeit einfach weiterging. „The Show must go on", wie der Chef des Hofes es ausdrückte.

Merlin grübelte: „Der einzige Hinweis kann nur die Schleifspur sein. Wie kam die zustande? Die Opfer lagen doch noch an den Tatorten. Niemand zog sie fort. Was bedeutet also diese Schleifspur?"

Seine Tochter meinte: „Es ist doch gar nicht gesagt, dass die Spur überhaupt etwas mit den Morden zu tun hat. Vielleicht hat vorher jemand einen Sack Äpfel hinter sich hergezogen."

Doch Merlin teilte ihre Meinung nicht im Geringsten. „An allen fünf Tatorten? Das kann nicht sein."

Schweigend grübelten die drei weiter. Sicher hatte die Spur etwas mit den Morden zu tun. Aber was? Und warum schlug der Täter nur auf diesem Hof zu und nicht auch auf anderen? Vegane Höfe und Lieferservice gab es ja schließlich genug.

Auf der Spur?

Mandy schlug vor: „Wieso nimmst Du nicht von der Spur einen magischen Fingerabdruck?"
 Merlin frage sich das selber auch. Das hätte er schon lange tun sollen. So sprach der Zauberer die Beschwörungsformel und sah... etwas schattenhaft Schleichendes. Leider ergab sich kein klares Bild, da das Wesen offensichtlich selber starke magische Fähigkeiten besaß und eine Art Störsender benutzte. Das brachte unsere Freunde wenigstens ein Stückchen weiter. Der Mörder gehörte also zu den magischen Lebewesen.
 Mandy seufzte: „Hoffentlich nicht noch eine gräuliche Moorhexe. Die eine genügte mir vollkommen."
 „Der Spur nach kann es keine Moorhexe sein. Diese Art von Spur ist absolut nicht typisch für diese."
 „Aber wovon kann sie denn überhaupt sein?", rief Shirly ratlos.
 „Das werden wir bald herausfinden", sagte Merlin siegessicher.

Der Mörder nimmt langsam Formen an

Beim Herumwandern kam nach langen trüben Tagen endlich die Sonne heraus, warf ihr strahlendes Licht auf alles.

Merlin schlug vor: „Lasst uns mal ausscheiden, welche magischen Wesen nicht in Frage kommen. Was übrig bleibt, muss es gewesen sein."

„Das ist doch einfach", erklärte Shirly. „Drachen scheiden wegen mangelnder Rußspuren aus. Riesen können es auch nicht gewesen sein, sonst gäbe es tiefe Fußspuren. Vampire fliegen durch die Luft, hinterlassen also auch keine Schleifspuren. Werwölfe eilen geschwind dahin, kommen also auch nicht in Frage. Genauso wenig Geister."

Mandy fügte hinzu: „Hexen auch nicht, die fliegen auf Besen. Bleiben also nur Monster aller Art. Da gibt es ja viele besonders eklige."

Merlin überlegte: „Aber warum sollte ein Monster seine Opfer erwürgen, anstatt sie danach aufzufressen? Das macht doch keinen Sinn, das erlegte Vesper liegen zu lassen."

Mandy sprach sehr schnippisch: „Vielleicht ist es ein veganes Monster. Etwa eine Elfe?" Wozu Shirly nur erneut die Zunge heraus streckte. Teenies necken sich nun einmal gern. Da sahen sie endlich die klare Spur des Täters!

Der glitzernde Beweis

Im hellen Sonnenschein glitzerte endlich die Spur sichtbar, auch auf den Steinwegen!

„Das sieht wie eine Schneckenspur aus" sinnierte Merlin.

„Eine Killerschnecke?", entfuhr es Mandy fassungslos.

„Unmöglich!" „Lasst uns der Spur schnell folgen, so lange die Sonne sie sichtbar macht!", befahl Merlin energisch.

Durch immer einsamere Stellen des Grundstückes führte die Spur. Ging es etwa in die tiefen Wälder hinein? Oder Richtung Meer? Es gab doch hoffentlich am Ende der Obstanlagen kein Moor? Die Erinnerung an die Moorhexe machte allen doch noch sehr zu schaffen. Bald würden sie dem Täter ins Angesicht sehen. Schleimtrolle? Alte Sabberhexen? Gab es noch andere, schrecklichere Möglichkeiten? Allmählich kam das Versteck des geheimnisvollen Würgers in Sicht. Wer sich wohl darin verbarg? Vorsichtshalber zogen unsere Helden ihre Zauberstäbe, um für den harten Kampf gerüstet zu sein.

Das geheimnisvolle Versteck

Unter einem Baum befand sich ein Höhleneingang.
„Wir wollen da doch wohl nicht runter kriechen?", erkundigte sich Mandy sorgenvoll. „Niemand kann auf dem Bauch robben und gleichzeitig den Zauberstab zum Kampf einsetzen!"
Ein wirklich sehr berechtigter Einwand. Zumal in dem sehr niedrigen Gang ihr Feind einen nach dem anderen in aller Ruhe töten konnte. Ein Kampf aller drei gleichzeitig schien ein Ding der Unmöglichkeit. Was aber tun? Den Gang breiter ausgraben? Wer wusste schon, wie tief dieser ging! Aber verbreitern schied als Möglichkeit sowieso aus. Wenn mitten beim Graben der Angriff erfolgte, waren sie hilflos. Da erklang aus dem tiefen Gang die Stimme des Mörders. Eine grauenvolle Stimme. Alt, rostig und gänsehauterregend!

Der Täter

„Ich lebte hier seit Jahrhunderten von den wild wachsenden Früchten. Da kamen diese Menschen her und ernteten alles selber ab. Mir blieb kaum noch was zum Essen übrig. Um diese Diebe zu vertreiben beschloss ich, aus Eigenschutz sie durch Morde in die Flucht zu treiben! Leider blieben die Menschen. Ich wollte bald noch ein paar töten, bevor ich an einen anderen Ort umziehe. Vielleicht hätten ein paar weitere Tote sie doch noch in die Flucht getrieben. Doch leider fandet Ihr mich vorher."

Mit trockenem Hals fragte Merlin: „Wer bist Du?"

Erstaunt kam es aus der Höhle: „Habt Ihr nicht die Linde über der Höhle gesehen? Ich bin ein Lindwurm. Und da wir zu den schlangenartigen Drachen gehören, fällt es uns Lindwürmern nicht schwer, unsere Feinde zu erwürgen."

Unsere Helden überlegte lange. Einerseits konnten sie die Taten des Lindwurmes verstehen. Andererseits: Mörder gehören bestraft.

Die Lösung

Doch in den dunklen, schmalen Gang wollte sich niemand von ihnen wagen. Schon aus Angst nicht selbst erwürgt zu werden.

„Was nun?", sprach Shirly die entscheidende Frage aus.

Der Lindwurm erwiderte: „Ich grabe mich unter der Erde an eine menschenfreie Zone durch. So können wir dann alle ungestört voneinander leben. Mich zu jagen würde unnötig viele Opfer kosten, sagt also einfach den Hofbewohnern, dass ihr den Feind im Duell getötet habt. Alle sind dann zufrieden und keiner will es genauer wissen. Denn schließlich haben die Menschen stets Arbeit genug. Wozu also auch noch einen Lindwurm jagen?"

Die drei gaben ihm Recht und gingen zurück zu den Hofgebäuden.

Shirly rief begeistert: „Viel angenehmer als die Jagd nach der Moorhexe! Schade, dass wir bald wieder in die olle Schule zurück müssen. Das war für diese Ferien wohl leider unser letzter Fall."

Aufatmend dachte Merlin: „*Zum Glück!*"

Wieder in Camelot

Wie verabredet erzählten sie allen Hofbewohnern vom Tod des Lindwurms. Alle feierten unsere „Drachentöter" für den Sieg im schweren Kampf.

Shirly überlegte: „Ob es bei Siegfried vielleicht auch so war? In der Schule sollte ich mich zur Kampfelfe ausbilden lassen."

Mandy jubelte freudig: „Oh, ja! Mit magischem Nahkampf und magischen Lenkwaffen!"

„Na, na, na", mischte sich Merlin ein. „Ihr seid ja richtig blutrünstige Fräuleins."

Mandy bettelte: „Bitte melde uns zu einem Kampfkurs an."

Shirly ergänzte: „Am besten den zum magischen Meister im Zauberstabbajonettangriff."

Merlin hörte zum ersten Mal von so etwas. Aber er stellte fest, dass Mädchen offensichtlich nicht mehr so seelisch zart wie früher waren. Seufzend schüttelte er den greisen Kopf.

Wieder der Lindwurm?

In den magischen Nachrichten kam Abends ein Bericht über eine Seeschlange, welche Fischer angriff. Shirly vermutete: „Vielleicht sind es die Fische, die mit einem neuen Trick um ihr Leben kämpfen. Sie wollen schließlich nicht sterben."

Mandy stichelte: „Pass nur auf, dass Dich nicht einmal Dein Gemüseburger zurückbeisst. Denn das Gemüse will schließlich auch leben!"

Errötend lenkte die vegane Elfe ab: „Sicher ist es der Lindwurm, der dort in dem See zuschlägt. Wir hätten ihm doch den Garaus machen sollen."

Merlin nickte energisch: „Genau das werden wir morgen tun. Jetzt kann er sich nicht mehr mit einer Art Notwehr herausreden."

Die Ankunft

Früh am nächsten Morgen reisten die drei an den See. Nichts Auffälliges fiel ihnen ins Auge. Irgendwo tief im See schwamm der Lindwurm. Merlin mietete bei Fischern ein Ruderboot und fuhr mit den Mädchen auf den See. Dort warf er magische Fangnetze und magische Angelruten aus. Lange Zeit passierte nichts.

Shirly beklagte sich: „Ist Angeln öde. Wir werden uns noch zu Tode langweilen! Wenn sich nicht schnell was tut, müssen wir ohne Angelerfolg zurück in die blöde Schule. So ein Sch…!"

„Na, na, na, mein Fräulein", rügte Merlin. „Keine Ausdrücke, die einen armen, alten Magier schockieren könnten."

Shirly gab ihm unerwartet Recht: „Ja, ich weiß. Alte Zauberer haben sehr zarte Seelen."

Sprachlos starrte Merlin sie an.

Der Angriff

Doch bevor eine heiße Diskussion entbrennen konnte, zerriss das Seeungeheuer das magische Fangnetz und griff die drei an.

„Scheiße!", brüllte Merlin. „Es ist kein Lindwurm, sondern ein grauenhaftes Seeungeheuer!"

Mandy seufzte: „Ja, und leider ein riesiges. Ich bezweifle, dass wir es erfolgreich wegzaubern können!" Tatsächlich scheiterte der Versuch es auf den Himelaya zu zaubern. Das Untier war viel zu schwer dafür. Mit offenem Maul starrte die riesige Seeschlange angriffsbereit ins Boot. Einen magischen Nahkampf hatten unsere Freunde nie gelernt. Nicht mal Merlin, der verzweifelt nachdachte. Doch nirgends las er jemals, wie ein erfolgreicher Nahkampf durchgeführt werden musste. Rasend näherte sich das hungrige Maul den dreien. Das letzte Stündlein hatte offensichtlich geschlagen! Seufzend ergaben sie sich ihrem Schicksal.

Sieg!

Doch nicht alle drei ergaben sich! Shirly rammte dem armen Seeungeheuer ihren Zauberstab tief in den Hals. Seltsame Geräusche von sich gebend floh es. Shirly sagte zufrieden: „Nie wieder wird jemand von dem Ungeheuer von Loch Ness hören! Mit dem ist es jetzt vorbei!" Damit täuschte sich die Elfe sehr.

Merlin beschäftigte Näherliegendes: „Wie konntest Du dem Ungeheuer Deinen Zauberstab in den Hals rammen? Zauberstäbe sind doch schließlich nicht spitz!"

Shirly erklärte lächelnd: „Meiner seit gestern Abend schon! Ich habe ihn nachts für magische Bajonettangriffe angespitzt."

Merlin ächzte schwer. Offensichtlich waren seine Ansichten über junge Mädchen sehr veraltet. Und genauso augenscheinlich wurde es Zeit, sie in der Schule magischen Nahkampf lernen zu lassen. Wer wusste schon, was in den nächsten Schulferien auf sie noch zu kam? Schreckliches! Hätten die drei in die Zukunft schauen können, wären ihnen die Haare zu Berge gestanden! Ein grausiger Henker sollte schon bald erscheinen und eine noch grauenvollere magische Verschwörung ihrer aller Leben schwer gefährden. Doch darüber nächstes Mal mehr. Gönnen wir unseren Helden bis dahin eine kleine, vegane Stärkungspause.

Ende der Ermittlungen

Liebe Leser/innen,

für heute enden die spannenden Abenteuer. Da sich aber dort in der Gegend laufend Neues ereignet, wird die Reihe bald fortgesetzt.

Bis dahin alles Gute!

Ihr Ralf Neubohn

Bücher von Ralf Neubohn:

Krimi:

„Mörderisch gut"

„Die Gartenschau-Morde"

Fantasy Krimi:

„Der geheimnisvolle Tod des Werwolfs"

„Merlin und die mysteriösen Morde auf dem Ponyhof"

„Merlin und der unheimliche Hexenjäger"

Tier Krimi:

„Mord auf dem Alpaka- und Lamahof"

Science Fiction Krimi:

„Sam Space"

Lama und Alpaka Reihe:

„Weihnachten mit Alpaka, Lama und der schussligen Hexe"

„Zauberhafte Ferien mit Alpaka und Lama"

„Der magische Hof, der Drache und die schusslige Hexe"

„Magische Stippvisite vom Drachen und der Hexe"

„Hof-Gala für Fee, Einhorn und Kamel"

„Geheimnisvolle Weihnachten mit Hexe, Drache und schüchterner Fee"

„Magische Reisen mit schussliger Hexe und schüchterner Fee"

„Weihnachtszauber im magisch-chaotischen Hofcafé der Hexe"

Alpaka Reihe:

„Die Alpakas vom Nikolaus"

„Der Nikolaus und sein Alpaka auf Tournee"

„Applaus für Alpaka und Osterhase"

„Das Comeback des geheimnisvollen Alpakas"

„Premieren-Abend mit Alpaka und Phönix"

„Halloween, Drache und Alpaka im Scheinwerferlicht"

„Das magische Alpaka und der Drache"

Gedichte

„Hier und Jetzt"

„Frisch gewagt"

Gedichte und Kurzgeschichten

„Die zauberhaften Altbohns"

Bücher mit schwarzen Humor Gedichten

„Die Gartenschau-Morde"

„Tod auf dem Kaktus"

„Neues vom 1. April"

Gartenschau Trilogie

„Flammenfeder live von der Gartenschau"

„Gartenschau Phantasie"

„Herzlich willkommen Gartenschau"

„Galaabend für die Gartenschau"

„Abschiedsvorstellung für die Gartenschau"

„Die Gartenschau-Morde"

„Tod auf dem Kaktus"

„Neues vom 1. April"

„Gartenschau Magie"

„Die Gartenschau im Rampenlicht"

Heiteres aus dem Autorenleben

„Im Tal der Autoren"

„Alle Autoren an Bord"

„Terry ein Schotte in Schwaben"

„Die zauberhaften Altbohns"

Fantasy

„Premieren-Abend mit Alpaka und Phönix"

„Halloween, Drache und Alpaka im Scheinwerferlicht"

„Das magische Alpaka und der Drache"

„Weihnachten mit Alpaka, Lama und der schussligen Hexe"

„Der magische Hof, der Drache und die schusslige Hexe"

„Magische Stippvisite vom Drachen und der Hexe"

„Hof-Gala für Fee, Einhorn und Kamel"

„Geheimnisvolle Weihnachten mit Hexe, Drache und schüchterner Fee"

„Magische Reisen mit schussliger Hexe und schüchterner Fee"

„Weihnachtszauber im magisch-chaotischen Hofcafé der Hexe"

„Der geheimnisvolle Tod des Werwolfs"

„Merlin und die mysteriösen Morde auf dem Ponyhof"

„Merlin und der unheimliche Hexenjäger"

Jahresfeste

„Weihnachten mit dem literarischen Kleeblatt"

„Auf der Suche nach dem verlorenen Osterei"

„Weihnachten und Silvester mit Flammenfeder"

„Vorhang auf für Nikolaus, Weihnachten und Ferien"

„Bühne frei für Fasching und Halloween"

„Die Alpakas vom Nikolaus"

„Die Bettsocken vom Weihnachtsmann"

„Silvester und Weihnachtsmarkt geben sich die Ehre"

„Der Nikolaus und sein Alpaka auf Tournee"

„Applaus für Alpaka und Osterhase"

„Halloween, Drache und Alpaka im Scheinwerferlicht"

„Das Comeback des geheimnisvollen Alpakas"

„Weihnachten mit Alpaka, Lama und der schusslige Hexe"

„Geheimnisvolle Weihnachten mit Hexe, Drache und schüchterner Fee"

„Weihnachtszauber im magisch-chaotischen Hofcafé der Hexe"

Nachwort

Liebe Leser,

Sie sind nun an das Ende meines kleinen Büchleins gekommen. Ich hoffe, Sie gut und abwechslungsreich unterhalten zu haben.

Falls Sie beim Lesen auf den Geschmack gekommen sind, so gibt es von mir viele weitere schöne Bücher zum selber Genießen oder als originelles Geschenk für andere. Etwa zu Ostern, Weihnachten und Geburtstagen.

Mit freundlichen Grüßen und hoffentlich bis bald!

Ihr Ralf Neubohn

Die Bewohner des Finsterklammwaldes sind entsetzt: Ausgerechnet unter ihrer besonders magischen Zaubereiche schlägt ein Mörder immer wieder zu. Woher kommt er? Warum ermordet der Täter die magischen Wesen des Finsterklammwaldes? Selbst die mächtigsten Finsterklammwaldbewohner fallen dem geheimnisvollen Mörder zum Opfer. Haben da ausgerechnet die schüchterne Elfe Shirly Sherlocklinchen und der trottelige Troll Rufus Rumpelfuss eine Chance, den Fall zu lösen oder fallen auch sie dem mysteriösen Mörder zum Opfer?

Beim Treffen der FantasyKrimiAutoren schlägt ebenfalls ein Mörder zu und tötet seine Opfer auf besonders ausgefallene Art. Ist der Täter ein Insider?

Auf einem idyllischen Alpaka-Lamahof geschehen plötzlich besonders schreckliche Morde. Kann das Alpaka Watselinchen den Täter finden? Eine fast unlösbare Aufgabe, da keinerlei Motiv für die bizarren Verbrechen zu erkennen ist. Doch Watselinchen wandelt mutig auf den Spuren großer Detektive, um den Hof zu retten. Wird das unerfahrene Alpaka dabei das nächste Opfer? Oder entlarvt es doch den mysteriösen Täter und sein geheimnisvolles Motiv?